水滨别墅
Waterfront Homes

LOFT Publications

陕西师范大学出版社

ZITO 迷你建筑设计丛书

　　这套丛书对近期出现的优秀建筑作品作了一次全面的总结。它将现代流行的商用及居住空间分为 10 个大类，在结合各类空间特性的基础上，对每一设计详加评述和分析。该丛书不仅涉猎甚广，更真实反映了国际流行的设计思潮，展现了最具诱惑力的设计语言。

1. 休闲场所－建筑和室内设计
2. 酒吧－建筑和室内设计
3. 餐厅－建筑和室内设计
4. 咖啡厅－建筑和室内设计
5. 住宅设计
6. 阁楼
7. 极简主义建筑
8. 办公室
9. 水滨别墅
10. 小型住宅

| 04 | 引言 |

| 06 | 埃奎斯别墅 Equis House |

| 10 | 乌格特别墅 Ugarte House |

| 14 | S 别墅 S House |

| 18 | 米罗斯别墅 House in Milos |

| 22 | 刚托维尼克别墅 Gontovnik House |

| 26 | 科夫凉廊 House in Corfu |

| 30 | 洛斯维罗斯别墅 House in Los Vilos |

| 34 | 斯考比别墅 Scobie House |

| 38 | 火焰岛小屋 House on Fire Island |

| 42 | 日式别墅 House in Japan |

| 48 | 穆苏科卡船屋 Muskoka Boathouse |

| 52 | 迈阿密别墅 House in Miami |

| 56 | 特里刚克斯别墅 Tsirigakis House |

| 60 | 巴格小屋 Casa Baggy |

我们通常用"水滨"这个词来形容那些在水陆相交的特殊场所兴建的建筑。它们建于陆地之上，必须遵循重力法则，但是对于"水"、"土"这两种元素有着同样的依赖。每当你来到水边，就会发现自己陷入了一个沉思、宁静的水的世界。尽管表现形式不断变化，但建筑本身仍是对周围环境的最好说明。

　　本书收集了一系列的建筑精品，它们代表着一种回应环境的建筑语言，同时也根据自身与"水"的具体联系，采用形式各异的设计手法。无论它们是建在海边、湖边、河边，或者是俯瞰着水库，与"水"的亲近使它们产生了独特的魅力。融

入各式各样的"水"的存在是本书中所有设计共有的特点。有时，水的本身以及它的色彩、反射、流动的特性会被视作建筑场所中的消极因素，但有时它也扮演着积极的因素，成为参预设计的建筑元素之一。"水"或"水的空间"还影响着建筑的日常功能以及房间布置等各个方面。临水将会在一个建筑中产生戏剧化的效果。比如，结构的主体会一直伸向水边；室内空间以平台、甲板或码头的形式从主体抽出，达到观赏的目的。这些平台、甲板构成了内外空间的交汇。

一些别墅拥有极为优越的海岸位置，视线可以无限伸展，一直延伸到水天交接之处。

埃奎斯别墅 Equis House

设计：**巴克利与克劳斯建筑工作室** *Barclay & Crousse*
摄影：© 巴克利与克劳斯建筑工作室 *Barclay & Crousse*　地点：**秘鲁 卡纳特** *Cañete*

比例关系、颜色和材料的选择和协调依据它们与环境的关系而进行

尽管秘鲁海滨上分布着世界上最干旱的沙漠，但它的气候并不恶劣。气温在冬季15度和夏季29度之间平缓地波动，别墅只要有阴凉就能居住得相当舒适。埃奎斯别墅是当地建筑的完美典范，和谐地与天然和生动的环境融为一体。

为了充分考虑环境的协调，建筑师们决定建筑结构应该占据尽可能多的空间，就好像一个一直生长在这片土地上的实体。逐渐挖掘内部空间的结果是产生大量介于建筑内部与外部之间的模糊空间，它们与天空或海水有着直接联系。以"人造海滩"为构思的大平台朝着海洋延伸，可通过一个细长的透明游泳池遥望地平线。一个滑动玻璃板和外伸屋顶把生活区和就餐区变成一个宽敞的露天平台。一个随着地势而上的楼梯把不同水平线上的卧室和平台连接起来。

建筑师们也从风景中得到了设计的灵感。比例关系、颜色和材料的选择和协调都依据它们与环境的关系而进行。与秘鲁海岸边的前哥伦比亚建筑类似，赭石和沙子的色调被运用到建筑的表面，避免沙尘的侵蚀风化。这些色彩将住宅凝聚成一个统一的整体。

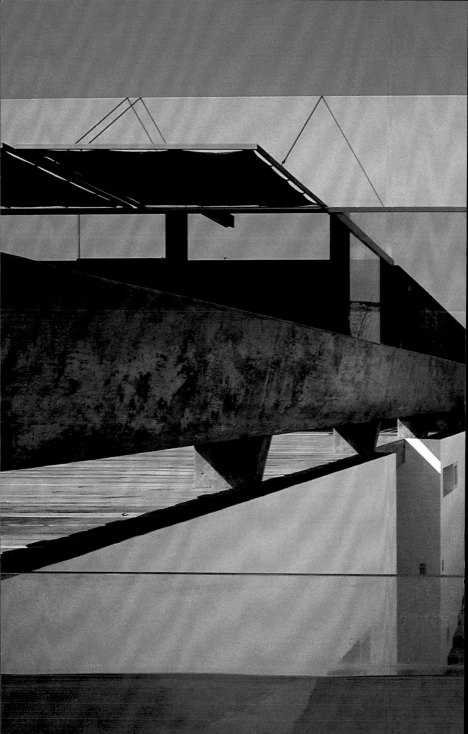

乌格特别墅 Ugarte House

设计：马赛厄斯·克劳兹 *Mathias Klotz* 摄影：© 阿尔伯托·皮瓦诺 *Alberto Piovano* 地点：智利

作为一个不同寻常的项目，该别墅在某种程度上是专用来展示购买者丰富的现代艺术藏品的。

该别墅坐落在智利圣地亚哥以北128公里马特希罗苏的一座悬崖上。它的结构精简至极，强化了精细线条和明亮空间的表现效果。别墅的设计采用了一些当地传统的建筑手段，特别是对原木的利用。所用木材相当粗糙，未经任何处理，构成了这一山间别墅的外观。别墅的结构极其简单，衬着一个精致的屋顶。在广袤的太平洋衬托下，这一屋顶相对其功能而言显得过于精致。但是，从相反的角度（背向大海的角度）去看，该别墅就成为一座重新诠释周边环境的抢眼建筑。

别墅由两个以通道相连的独立部分组成。通道是别墅的主入口，一直伸入房子深处。较小的空间内设有卧室和浴室，与其相对的是一个2层结构空间，一层为厨房、餐厅和起居室，二层是书房。阳台似乎没有完成，仿佛是从别墅两部分之间挖出的大洞，这种设计使房子更易于抵御猛烈的南风。由2层结构的南端挖出的一块区域，设为邻近起居室的天井。这一外部空间使得起居室显得更加宽敞。

S 别墅 S House

设计：爱德华·R·奈尔斯 Edward R. Niles   摄影：© 爱德华·R·奈尔斯 Edward R. Niles
地点：美国 马里布 Malibu

> **别墅采用纯几何性元素和具有强烈对比性的材料，各空间沿中央轴线呈对称、有序的排列。**

这幢加利福尼亚别墅俯瞰着太平洋，设计的主体思想是体现"充盈"与"空洞"之间的对比。它采用纯几何性元素和具有强烈对比性的材料，各种空间沿中央轴线呈对称、有序的排列。横穿整个建筑的，独特的玻璃长廊就是实际中的这根轴线。

充盈与空洞、透明和混沌这一序列性的变化形成一种节奏，在别墅惟一一间卧室处达到律动的顶点。这个封闭的空间，有些像一个烟囱，浮现在四周的风景上方。一个以玻璃墙围合的空间紧靠着卧室最宽的墙壁，打开它的视野，使它与外界相连。卧室前设有两个透明的对称空间，各自附有一间浴室和更衣室。一条宽大的玻璃长廊将它们与别墅其他部分隔开，仿佛守卫着一个神圣、隐密的空间。打开长廊的滑动门，这一空间就变成一个开放式的天井，夹在卧室与别墅其他部分之间。

建筑整体看上去仿佛沿街摆放的一排容器，在天井及卧室的最远端设置了两个入口。两个车库对称地分布在玻璃长廊两侧，厨房、餐厅和客厅被包容在一个大型空间之中，前方排列着两对封闭空间，是别墅的起居区和服务区。别墅的内、外部空间在这里交汇融合，厨房、餐厅和起居室像是置身在天井之中，而天井也分享着别墅的内部空间。

米罗斯别墅 House in Milos

设计：吉恩·巴卡伯利与伊克纳希奥·普莱格工作室 Jean Bocabeille e Ignacio Prego
摄影：©肯·海登 Ken Hayden　　地点：希腊 米罗斯 Milos

随意的设计表现出布局的灵活性，同时力求减少建筑对环境的影响。

米罗斯别墅位于一座俯瞰克里特海的49米高的绝壁之上。随意的设计表现出布局的灵活性，同时力求减少建筑对环境的影响。建筑师在设计这座别墅时，希望不要把它建成一个破坏环境的庞然大物。

每一建筑空间都有其专属功能，呈现出独特的几何外观，成为别墅整体的一个构成部分。别墅中心的两个空间设置了起居室、厨房和餐厅，其他空间则分布着一些附有阳台的独立房间。这些离散的空间强调分离和孤立，而不破坏自然环境的天然美感，还可以根据天气变化提供多种功能配置。

该别墅以混凝土建造，附以希腊石材地板和石灰石墙壁。它共有4间卧室，一个临海庭院与这些卧室相连。通道的设计是为了遮阳避雨，同时也加强了建筑与风景的联系。别墅以现代手法诠释了希腊历史上典型的白色方型空间，为了与周围美妙的风景建立联系而略做修改。不同空间之间的小通道、一系列位于悬崖顶部的阳台使别墅成为一个统一的整体。

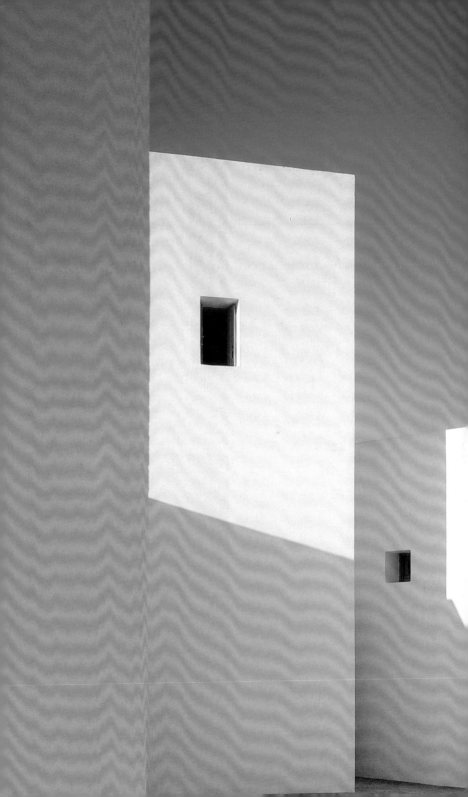

刚托维尼克别墅 Gontovnik House

设计：哥利尔摩·阿莱丝、路易丝·柯塔丝工作室 *Guillermo Arias & Luis Cuartas*
摄影：© 安德鲁·李乔娜 *Andrés Lejona*　　地点：哥伦比亚

除了使建筑保持凉爽，天井还是它主要的采光方式。

在这一设计中，尽管建筑空间的外形看来十分简单，但它却是解决由位置和地形所带来的难题的关键。该别墅的整体位置还算不错，但是很难找到一个观海的好视角。工程场地约16米宽，55米长，由界墙包围着，从街边一直向上延伸到石崖顶部。于是，别墅被划分为不同层次，以造成这样一种印象：它像楼梯似地爬升到一个有利视点，该点可以尽情观赏加勒比海的壮阔景象。建筑的第一层与街道平齐，包括车库、客房和孩子们的卧室。接下来的一层——中间层，设置了别墅的入口，也是主要通道交汇的地方，这一层还设有厨房和餐厅，所有房间环绕着一个中央天井。除了使建筑保持凉爽，天井还是它主要的采光方式。顶层，即第三层，位于高耸的悬崖顶上。起居室和主卧室设置在这里，从窗子可以向远方眺望。一条通道由卧室连到屋顶，别墅的屋顶布置得像一个花园式露台。这个露台同样也是该设计如何以最大限度利用可用空间的例证。

科夫凉廊 House in Corfu

设计：泽维尔·巴巴 *Xavier Barba*   摄影：© 尤金妮·庞斯 *Eugeni Pons*

地点：希腊 科夫 *Corfú*

古罗马人经常在类似地点建造别墅，这间凉廊的设计深受那些别墅的影响。

受领主雅各布·罗斯查尔德的委托，这个夏季凉廊及游泳池被设为原有别墅附属的休闲场所。科夫别墅位于阿尔巴尼亚海滨的科夫海角，可以远眺迷人的海上风景。这一项目的设计，从一开始就坚持着保护自然环境的前提。考虑到这里曾是威尼斯的大理石采石场，这个前提当然是可以理解的。采石场被设计者融入到游泳池之中，当游泳池溢水时，它就成了一个天然水渠。古罗马人经常在类似地点建造别墅，这间凉廊的总体设计深受那些别墅的影响。开敞的白色凉廊内设有可调节温度的游泳池，同时为后侧的就餐／休闲区（厨房、更衣室和浴室等）提供了阴凉。凉廊面向大海的一侧以古典雕像、中楣以及拜占庭式的镶嵌图案装饰，而被石墙分割的一系列阳台、古老的喷泉以及一个看起来像古代废墟的精美大门则显示了另一番风情。郁郁葱葱的橄榄树和柏树使这幅海滨景象更显完美。

该设计具有一些突出的建筑元素：强硬的水平线、缺乏确定的中心元素，形成这样一个充分利用自然环境、展现和规划自然空间的建筑物。

洛斯维罗斯别墅 House in Los Vilos

设计：**克里斯蒂安·伯扎** *Cristián Boza*　摄影：© 克里斯蒂安·伯扎 *Cristián Boza*

地点：智利 洛斯维罗斯 *Los Vilos*

平坦的屋顶可作为一个巨大的露台，可以从房子和小路的更高处到达这个阳台

一般来说，环境和地形会对建筑物形成一定影响，但是某些情况下，两者的关系实在太紧密，我们甚至很难确定自己在描述一幢建筑还是一处风景。智利建筑师克里斯蒂安·伯扎在洛斯维罗斯悬崖设计兴建的别墅就是一个例子，别墅与周围地形结合得如此紧密，以至于人们很难想象如果没有它的存在，这里景色将会是什么样子。

别墅建在一个岩石林立的独特场址，遥望着大海和对面的一个小岛。海岸线在这里形成突然的转折，各种小型海湾、峡湾、悬崖和岛屿点缀其间，提供了丰富多变的视觉体验。小岛将这一区域与大海隔开，形成一小块平静的水域，适合捕鱼、潜水或采集贝类。

伯扎首先修了一条小路，从别墅最高处蜿蜒而下，经过岩石堆一直伸向崖边。小路连接着一连串露台和层阶式平台，别墅房间的排列也循沿着这条狭窄的小路。别墅列在小路一侧，而另一侧则是悬崖，外廊弯曲的墙壁开设的许多门窗造成一种印象，以为这是一条狭窄的乡村小街，而不是一栋独立的建筑。别墅紧临悬崖的一侧，有一个很大的建筑空间，其中设置了起居室和餐厅，阁楼被建成主卧室，卧室通过一组滑动木门与其余部分隔开。

斯考比别墅 Scobie House

设计：格劳斯与布拉德利建筑工作室 Grose & Bradley　　摄影：© 安东尼·布洛维尔 Anthony Browell
地点：澳大利亚 艾沃卡 Avoca

斯考比别墅盘踞在山脊的边缘，与动态的自然环境相融。

艾沃卡是悉尼北部的一个小型海滨社区，一道平行于海岸线的山脊形成了这里的特色。斯考比别墅位于远离山脊的一端，紧靠着一个自然保护区，可以眺望整个海岸以及向东延伸的太平洋。别墅分成3层（与悉尼 A3 别墅的设计很相似）：第一层是儿童、老人和客人的房间，门厅和起居室设在中层，第三层是卧室和书房。该设计的突出特点是借助一面南北向墙体，把公共空间与私人空间隔开。别墅的入口也设在这里，来访者只有在进入房子以后才能看到内部的景象。

室内空间以这面墙壁来进行组织。它划分出与生活空间相连的入口和过道，中层的浴室也设在墙后。从结构的角度来看，它是一个大的实心结构，支撑着上部较轻的建筑构件。刮起猛烈的海风时，这面墙还有助于屋顶和大雨篷的固定。

在主起居室北侧设置的露台，使室内空间带有走廊或阳台一般的氛围。由东墙上的窗子透进的光线，在一天之中不断变化，营造出家居气氛。西侧百叶式的走廊则保证了空间的私密性。

火焰岛小屋 House on Fire Island

设计：布罗姆利与考尔达利建筑工作室，乔格·兰杰尔 Bromley Caldari Architects, Jorge Rangel

摄影：© 乔瑟·路易丝·霍斯曼 José Luis Hausmann　　地点：美国，纽约

这一结构完全独立于别墅主体，可以充当主人的画室。

火焰岛实际上是一个沙洲，从纽约坐轮渡横穿南部大海湾到这里只需30分钟。住宅建在小岛北侧，面向大陆，以减少大西洋猛烈海风的侵扰。小岛脆弱的生态系统不允许通行汽车，再加上不断迁移的沙丘以及对自然环境的尊重，建筑师以木质人行道取代混凝土马路的作用。

一个小道通往大客厅，烧烤区、游泳池紧随其后，然后是小屋另一端的入口。小屋由两大建筑空间组成：大客厅和小屋主体。主体包括两间卧室和大公共区，大公共区设置了起居室、厨房和双层挑空的就餐区，透过就餐区价格不菲的玻璃嵌板可以远眺海湾。如果把这些玻璃嵌板全部打开，就将起居室、就餐区、阳台融合成一个大空间，成为用餐、聊天、读书或欣赏海景的理想场所。从门廊往下，走几级台阶就来到一个小型休息区，它也可以做为停靠帆船的码头。大客厅也可以充作游泳池及入口附近的客房。它完全独立于小屋主体，空闲时也可以作为主人的画室。

这座别墅采用了海滨建筑中少见的建材，小路用砖铺成，潮湿的地面铺上了锌板。为了创造一个宽敞通风的空间，别墅还采用雪松和其余松木作为横梁。

日式别墅 House in Japan

设计：莱戈里塔建筑事务所 *Legorreta + Legorreta*　　摄影：© 克冰田木田 *Katsuhida Kida*
地点：日本 东京

纯白墙面与一系列沿着斜坡整齐排列的柱子构成了别墅的外观。

别墅建在东京南部海湾的一块土地之上。一位音乐教授把它当作度假地。建筑师设计时考虑到这些因素，于是努力营造一种沉思、宁静的氛围，在建筑与大海之间建立直接的对话。别墅简单的外形是为了突出四周优美的环境。

别墅的入口被故意隐藏起来，带着些神秘色彩，这种手法是日本和墨西哥文化共同的特点。入口处有一个塔形通道通往蓝色拱廊。沿着这道拱廊向下，就可以进入别墅的起居室、餐厅或者更衣室，这里设有一个朝向大海的大型窗户。

石头、水和独立小天井的处理，暗示着出人意料的文化巧合。别墅的石头地面、浴室装置、木材以及其他特殊的材料都是墨西哥生产并出口到日本的。文化的交融在这座别墅的设计和建造过程中起到重要作用。

这座别墅的内外联系显得格外有趣，阳台是联系建筑内外空间的一个有机成分。

穆苏科卡船屋 Muskoka Boathouse

设计：史姆-沙克利夫建筑事务所 Shim-Sutcliffe Architects
摄影：©詹姆斯·道 James Dow、爱德华·伯特恩斯凯 Edward Burtynsky   地点：加拿大 穆苏科卡湖 Lago Muskoka

船屋被设计成一个小巧的棚屋，涂有厚厚的保护涂料的红木、桦木和花旗松木构成室内精细的风格。

由多伦多划船向北两个小时，就看到船屋漂浮在穆苏科卡湖的西南水面之中。建筑师试图在这座荒野小屋中寻找自然与文明的平衡。传统建筑手法与现代理念同时融入到这一复杂的设计之中，装点了这里优美、独特的景色。

这一设计融合了以下这些影响：自上一次冰川期就裸露在外的花岗岩，拓荒者的小木屋，维多利亚式的华丽别墅、当地工匠亲手制造的木船，而神话般的加拿大荒野风景的影响是最深刻的，这些荒野在19世纪早期曾是画家们所钟爱的、浪漫而又有些险恶味道的地方。船屋有两个室内船台、一个带篷室外船台，都是用来停放船只的。船屋内部还设有一个附带着厨房、淋浴间和浴室的卧室和一间起居室。外廊和阳台的点缀使整个画面显得很完整，船屋附近还有一个种着当地植物的花园。

与所有的水上建筑一样，别墅的基础结构没在水下。建筑师以当地传统的建筑手法，以沉水木材修建了一组桩基，支撑水上结构。为了便于修建，别墅是在冬季湖面结冰后进行修建的。

迈阿密别墅 House in Miami

设计：乔格·兰杰尔 *Jorge Rangel* 　　摄影：© 乔瑟·路易丝·霍斯曼 *José Luis Hausmann*
地点：墨西哥 迈阿密 *Miami*

> 这座位于迈阿密的基毕斯肯尼（Key Biscayne）的别墅，为一个加泰罗尼亚家族所有。翻修别墅是为了增强建筑功能并改善它的外观，使它与毗邻水域建立更加亲密的联系。

改建工程不涉及结构上的变化，但主人做出了撤掉旧地毯和瓷砖一类的决定。别墅一层被设为活动区域，分别设置着起居区（也可作为餐厅和服务区）、桑拿浴室、客用浴室、游泳池和室外就餐露台。别墅中的两幢建筑就通过这一区域联系在一起。阳台上的钢架用来悬挂植物，在夏季提供阴凉。二楼设置了3间卧室，分别给主人、孩子和客人使用。主卧室可以看见游泳池和大海，附带着嵌入式壁橱、浴室及阳台，保持着较好的私密性。

为了强化亚热带的明快色调，别墅表面被涂成白色，同时它的许多细节都运用玻璃进行装饰，从而使建筑物尽可能与自然光和海景相融合。现在，起居室、就餐露台、厨房、卧室，甚至浴室都可以眺望大海。滑动玻璃门的设置也是为了强调迈阿密这种著名的海滩别墅的生活方式。

特里刚克斯别墅 Tsirigakis House

设计: 泽维尔·巴巴 Xavier Barba   摄影: © 尤金妮·庞斯 Eugeni Pons
地点: 希腊 米柯诺斯 Mikonos

设计师以白墙、拱门和柱子围合出室内空间，又为它加上一个传统的木梁式屋顶，室内照明由自然光提供。

作为一个家庭的度假场所，这座位于米柯诺斯岛高地上的别墅，远远避开港口上成群结队的游客。这座别墅地处地震多发区，用钢筋混凝土修建，而爱琴海上刮来的狂风也是设计必须考虑的因素之一。因此，别墅的墙体像伸开的双臂一样，保护着内部的游泳池及天井。大多数墙面以当地出产的岩石装饰，这不仅使建筑物易于与周围环境统一，同时也便于维护。但是，也有一部分墙面粉刷成希腊传统的石灰白。灰泥与裸露的石头成了鲜明对比。

从远处看，别墅几乎完全隐藏在岛上干涩砂石地面之中，只能看见几个白色环状的墙体、浴室上方的圆屋顶以及竖起的特色烟囱。一个传统的、树枝搭成的屋顶遮蔽着可以远眺港口的阳台。

别墅约193平方米的面积内，分布着一间起居室（餐厅）、一间主卧室和3间客房，另外一楼还设有为主人的儿子和他的客人准备的两间卧室。

巴格小屋 Casa Baggy

设计：哈德森·费瑟斯通 Hudson Featherstone

摄影：© 乔·雷尔德 Jo Reld、约翰·派克 John Peck / 提姆·布拉泽顿 Tim Brotherton   地点：英国 北德文郡 North Devon

> 别墅的南墙巧妙地结合了钢材、木头和玻璃这3种材料，强化了阳光的温暖、明亮。

景色的变化是这一建筑场址最突出的特点。在它的南方和东方，是起伏着向远处延伸的德文郡乡村，而在北侧，地势则朝着米德堡山不断升高。建筑师从画草图的设计初期开始，就设想别墅将会拥有两种立面，一面较透明，另一面则相对不透明。居住者可以站在透明的一面凝望太阳、大海和群山。

别墅的北立面附带着一间马厩，经过翻修它现在已是别墅的一部分。它代表着别墅"不透明"的一面，初次造访别墅的人将会首先看到这一面。马厩遮蔽了海景，给室内造成一些神秘感。这一侧的"不透明"还通过低矮紧凑的空间、暗蓝色瓷砖、小窗户和大烟囱等建筑形式实现。穿过大门，迎面而来的是一条低矮的、花岗岩石柱廊。沐浴在阳光之中的楼梯通往二楼和一排朝南的房间。玻璃屏风起到遮挡视线的作用，它在夏天可以打开，从而把起居室变成俯瞰大海的通风凉亭。起居室是别墅的中心，其余的房间和走廊都围绕着它分布，它还是"不透明"立面与"透明"立面的交汇中心。

别墅的形式和构造深受当地气候的影响，北侧建有厚墙，使房子能够抵御冬季的寒风。

这套"双子座"建筑艺术丛书极其注重内容上的对比性，揭示了艺术领域中许多对立而又相互依托的有趣现象。它既讨论了建筑界各种设计风格之间的比较，也分析了建筑界与跨领域学科之间的联系与对比。它们全新的视角尤其值得注意，在著名建筑师与画家之间展开了别开生面的比较，以3个部分进行阐述，建筑师和画家各自生平简介以及主要作品的赏析各占一个部分，第三个部分则是对两位艺术家所创作的艺术形象及其艺术理念的比较。每册定价38元。

极繁主义建筑设计

极简主义建筑设计

瓦格纳与克里姆特

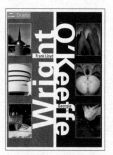

赖特与欧姬芙

米罗与塞尔特

达利与高迪

里特维尔德与蒙特利安

格罗皮乌斯与凯利